句集

*f*字孔

竹内洋平

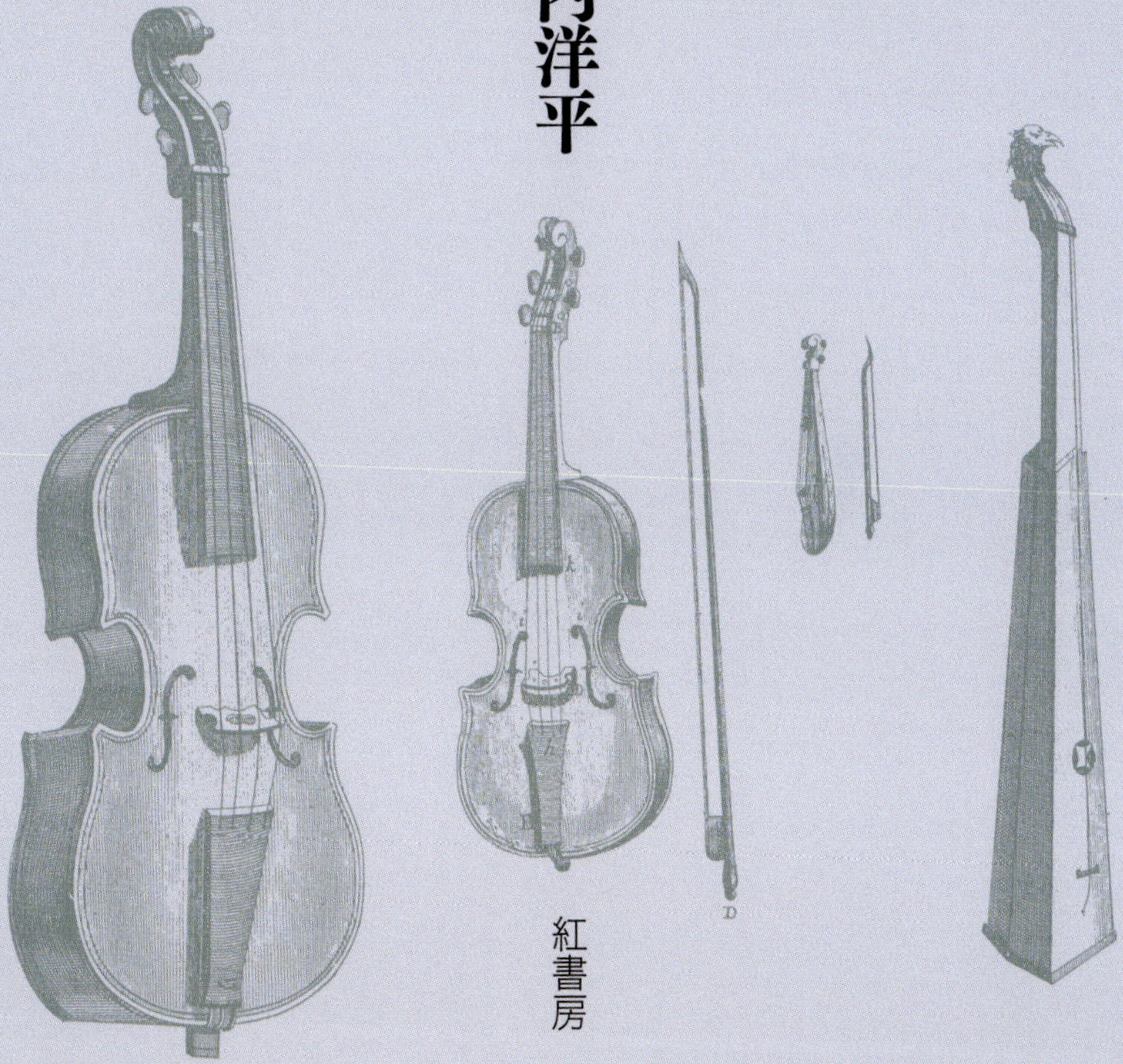

紅書房

鬱の日の春風チェロのf字孔

絵＝鈴木 新

書＝中川笙子

句集『*f*字孔』讃——ことばの力

石 寒太

鬱の日の春風チェロのｆ字孔

人間、生きていると、さまざまな気分の起伏がある。霽《はれ》の朝があれば、褻《け》の夕べもある。

たまたま気分がすぐれない日、目の前にあるチェロを瞠めていると、その「ｆ字」の孔が目に入ったのであろう。

外は春風駘蕩の気持ちのいい風が吹きぬけていく。

いつしか作者の気分も解き放たれて気をとり直し、きょう一日の行動を開始したのであろうか。

音楽のおかげで、ほんのしばらくずつでも放心状態になれることが康子には嬉《うれ》しかった。けれども、それもやはりほんのしばらくずつにすぎなかった。ふと気が付くと、音の波は眼の下の舞台から熱風のように盛り上がって来て、康子の坐った急な傾斜の二階の座席を掠《かす》めて這《は》い上がってゆく。常に轟《とどろ》く大声で、何か痛烈なことを囁《ささや》かれているような気がするのであった。大声で囁く、とは、異様な云い方であったが、音楽は、人々の耳許を擦過してゆくとき、人おのおのに異なったことを囁いてゆく。

堀田善衛の『記念碑』の一条である。音楽は時に人間にいろいろな影響を与えるものらしい。

さて「人間には絵画型と音楽型のタイプがある」と聞いたことがある。

洋平さんは、絵画にも造詣が深いが、どちらかといえば、音楽派のようである。それはこの句集のタイトルが『f字孔』となったことからも分かるが、「もくじ」の小見出しから散見しても、一目瞭然である。

彼と会ったのは、その人よりも夫人の美穂さんが先である。彼女との出会いの中から、ごく自然にご主人の洋平さんが音楽に親しみ、市民オケ(調布フィルハーモニー管弦楽団)の代表で、自身もヴィオラを弾いていることなども分かった。

美穂さんは何ごとにも好奇心が強く、特に旅行が大好き、会食をしていても楽しく、何回かくり返し話をした後、いくつかの旅行も一緒にするようになった。

そんなある一刻、ちょうど私の主宰していた俳句雑誌「炎環」の阿佐谷ナイト句会の定期的な夏の吟行「駒形どぜう」に、「俳句を作らなくてもいいので、ぜひ泥鰌を食べにご主人もどうぞ」と誘ってみたところ、「作らなくてもいいなら声をかけてみようかしら。参加するかも……」。

そして軽い気持ちであらわれたのが洋平さん。そんな出会いがはじまりであった。

会場に向かう途中で、「食べるだけよりも、何でもいいので一句つくられた方が楽しいですよ」そう声をかけると、即席で三句つくって出したうちの一句が、何人かに評価された。それが彼の俳句のきっかけとなった。

さて、洋平さんの出身は、私の家内壬生きりんと同郷の信州。長野県岡谷市の出ということもあり、たちまち皆にとけ込んで、和気藹々、愉しく俳句を作るようになった。

彼は諏訪清陵高校卒業後、東京医科歯科大学への入学にともない上京、卒業後しばらく医局に残り、昭和四十五年に今の住まい調布で開院した。

幼少時代から楽器演奏に親しみ、大学ではオーケストラ立ち上げの一員となり、また社会に出てからも市民オーケストラのリーダーを長年務めてきた。

俳句の方は、美穂夫人が二十五年以上も親しんでいるのを横目で眺めながら、「どうしてあんなものが面白いのだろう」と、まったく興味を示さず、ひたすら自分は音楽に熱中してきたらしい。

ちょうどそんなころ、「オケの代表任期もずいぶんと長くなってしまった。そろそろ役目を後進に譲りオケからも身を退き、なにかほかのものに目を向けてみよう」そう考えはじめたころ「からまつ」から「炎環」に移った美穂夫人の俳句雑誌をぱらぱらめくっていたとき、

生も死もたつた一文字小鳥来る　　寒太

の一句が目に止まり、それまで抱いていた俳句のイメージが一新した。「俳句でも、こんなことが詠めるのか」と、目から鱗の思いだったという。そのことは後になって彼から聞かされた。それが「炎環」入会のきっかけともなった。それ以後の洋平さんの俳句へののめり込み方は、凄まじいものがあった。中心となる本部句会はもちろん、たちまち七つもの支部句会にも出席するほどの熱心さにまでなってしまった。

俳書医書俳書俳書や灯取虫

の一句が見えるが、いままで並んでいた医学書に代わり、書棚には俳句関係の本が目立つようになり、そのうちとうとう俳書や句集が大半を占めてしまうようになり、生活も俳句中心になっていった。

羽蟻の夜詩論俳論峡の宿

これは、一緒に奥多摩御岳の河鹿園に一泊吟行した折の句。俳句論議は夜を徹し、気がついた時には、もうしらじらと東の空が明け初めていた。

このすぐ後に、

晩学の二人三脚草の花

も見える。洋平さんは美穂夫人と二人三脚でともに俳句をつくるようになった。旅好きな二人は、国内外の旅もほとんど俳句づくりが目的となっていった。

外国旅行の折でも、美穂夫人はマイペース。それを遠くから常に優しく見守っている洋平さんの眼差しは、この句集のいたるところにほほえましく見受けられる。

そんな中で、美穂さんは自由に羽搏きながら、楽しんで句をつくっている。うらやましい限りである。洋平さんは「いつもはらはら心配しているのは僕の方です」そう言いながらも、とてもうれしそうである。

夕凪やときをり妻のとほくなり
妻のゐて違ふ私のゐる朧

そんな二人を見ていると、俳句を勧めて本当によかった。いまではそう思っている。

控へめな朱を妻の句へ鵙高音
妻に和すアリア八十八夜寒

さて小誌「炎環」は、創刊以来「心語一如」を標榜している。心とは精神、語とはことば、その両方をひとつに、今を自分のことばで、自分の俳句に表現するということである。

洋平さんの今度の句集の中から、その心語一如を目指しているいくつかの句を掲げてみよう。

きさらぎの風ポケットの予約券

何の券なのかは読者に想像させる（観劇、コンサート、スポーツ観戦等々）。そのチケットがポケットにあり作者はそれを握りしめている。まだ寒い、でも春を予感させる「きさらぎの風」が吹きぬけていく。この「きさらぎ」の微妙な季節感がよく効いている。

稿成りし朝の浮力や秋澄めり

私もよくあることだが、徹夜して原稿を書き上げた明け方、呆とした「浮力」感の中に、秋の澄んだ蒼穹が眼に痛い。そのひとつの充実感が広がってくる。

狼の遠吠え父の忌の夜霧

『f字孔』の中には、父や母の句も多い。が、母は美穂夫人のオマージュであるような気がする。
狼の遠吠えが聞こえる。折しも今日は父の忌日であった。夜霧が辺りを覆い隠していく。この句を通して、厳しいけれど家族思いの父が、よく伝わって来る。夜霧が幻想的でいい。

行乞の径一水の荻のこゑ

洋平さん夫妻とはよく旅をする。山頭火の径であろうか。ひとすじに伸びていく細い径。そこから「荻のこゑ」が届く。萩ではなく荻であるところが、いかにも山頭火らしい。その他にも、

黒葡萄開き癖ある福音書
良き言葉さづかりし日の涼しさよ

など、心語一如の心境の反映された佳句がたくさん見受けられる。
この句集からは平和な二人の交流が見えてくるが、じつは本当に助かっているの

は、私自身なのである。毎日仕事に追われてまったく整理の苦手な私の、著書や原稿をパソコンに入れ、何をどこに書いたかすら分からない私が、洋平さんに電話一本すると、たちどころに出典やコピーが届く。私の出版物のまとめや助言をしてくれるのは、いつも洋平さんである。

それだけではない。「炎環」編集部がピンチに陥った時には、必ず洋平さんがそこにいて、救いの手をさし延べてくれている。私ががんになった時も、また「炎環」編集長が病に倒れ入院し、月刊が危うくなりそうになった困難な時期に、編集長の代理を務めてくれたのもやはり洋平さん。いまや洋平さんは「炎環」にはなくてはならない中心人物になってしまっている。

いま、「炎環」は三十周年というひとつの大きな節目を迎えている。そんな大切な「炎環」を、いつも裏方で支えてくれているのが洋平さんである。

「俳句は、年輪の文学である」、これは時によくいわれることばである。確かに句歴を積み重ねるという歳月によって人生が反映されることは、俳句では大きい。がそればかりがすべてではない。そのことは洋平さんによって識らされた。

今までのオーケストラ人生を整理して、一気に俳句にのめり込んでしまった竹内洋平さん。それ以後の成果が、この一冊の句集『f字孔』である。俳句は句歴がすべてではない。集中した努力の成果が一気にして輝くということもある。『f字孔』がまさにそれを証明してくれている。

本書に挿入されているスケッチもまたひとつのやすらぎを与えてくれている。洋平さんは実に多彩な人である。

この句集にはそれらのもろもろが厳選されて収録、強い意志をもって訴えかけてくる。もはやここでその他の個々の作品を挙げることはしない。彼の生みだした熱い俳句を、直かに一人でも多くの人が味わってくれたら、それにまさる喜びはない。何よりも一句一句そのものが語りかけてくれるから……。必ずや読んだ人の力となること、それは間違いない。

かなしみはちからに
欲《ほ》りはいつくしみに、
いかりは智慧にみちびかるべし。　宮沢賢治

二〇一七年　わが生誕の朝に

もくじ

句集

*f*字孔

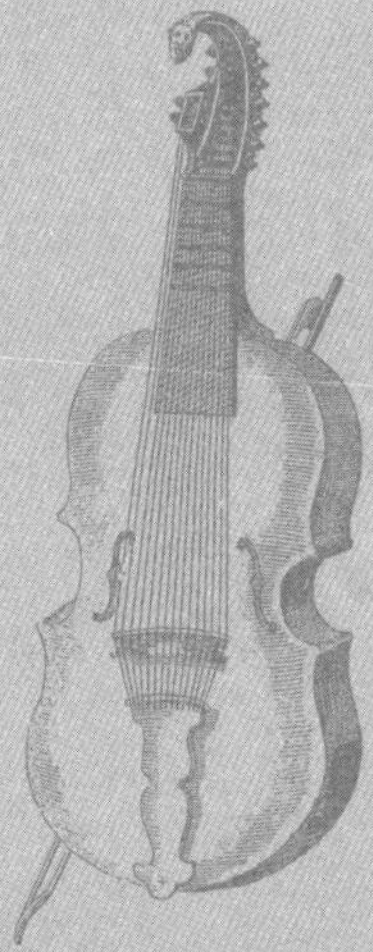

私はまず音を構築するという観念を捨てたい。
私たちの生きている世界には沈黙と無限の音がある。
私は自分の手でその音を刻んで苦しい一つの音を得たいと思う。
それは沈黙と測りあえるほどに力強いものでなければならない。

——**武満 徹**

無伴奏

一木のさくらの息の中にをり
憂きことのはるかに枝垂桜かな

殺意ふと生るる刻あり花の昼

校庭の白線二本卒業歌

ふらここを蹴りて病の去らざりし

ものの芽や墓誌に五行の無韻の詩

人違ひされ香水の遠ざかり

氷菓子哀しくなりし青さかな

あやふきを渡りきつたる昼寝覚

桜紅葉太宰の墓のシガレット

古書街に出逢ひし一書茶立虫

烏瓜ひとつ水なき自死の川

カフカ読み了へしベンチに秋の声

霜の夜や崩るるままの本の山

爪割れて狐火燃ゆる夜もあらむ

大寒の底打つチェロの無伴奏

ハ短調ミサ

きさらぎの風ポケットの予約券

初燕身ぬちに音の生まれけり

少年のはにかみくれし花の種

カプチーノの白きハートや春動く

白鍵に沈む黒鍵ヒヤシンス

夕凪の浜アドリブのサキソフォン

水底の光を割つて泳ぎけり

ビアジョッキ片手に倒叙ミステリー

書きかけの旅信露台に星の夜

蛇笏忌や机の上の鬼胡桃

右手にペン左手に椎の実ひとつ

臥せる日や丸ごと齧る冬林檎

横向きに描く自画像冬木の芽

終演のハ短調ミサ寒北斗

元朝やきのふの位置にある我が家

寝積むや夏目漱石三部作

骨正月新刊本のインクの香

ジャズライヴ

白梅やメス研ぐ水の三つぶほど

竹皮脱ぐ定年のなき生業よ

血痕の薄れし医書を曝しけり

休診の札を動かぬかたつむり

俳書医書俳書俳書や灯取虫

流離願望真夏の夜のジャズライヴ
学問へゆるやかな意志青胡桃
問診のあと秋祭の話など

いつからが晩年どこやらが真葛原

子に職と露の重きを託しけり

学去りて十年《ととせ》九年母実りけり

わが姓の継ぐ者のなし小鳥来る

問診の答へ待つ間や鉦叩

晩学の二人三脚草の花

職歴の四文字一行龍の玉

ハモニカ

梅咲くや大和前方後円墳

大寺のきざはし孕み雀二羽

春の鳶鎌倉右大臣歌集

後背の五山の闇や春の海

展ごれる実朝の海岩煙草

武相荘の木椅子筍流しかな

滴りの力あつまり神の山

道問へばしたたる山を示さるる

蟇鳴くや闇に大室山の影

江ノ電の音を枕の良夜かな

今はむかし二子の渡し猫じやらし

吸ふ息の足らぬハモニカ夜の秋

闃のこゑ上ぐる黒牛山の霧

草かげろふ中仙道のかくれ道

刃こぼれの十郎の太刀式部の実

贋作の志野天目や神の旅

冬麗の奈良町に買ふ裁ち鋏

f字孔

春疾風すこし遅れて郵便夫

鬱の日の春風チェロのf字孔

箱ひとつ足りなくなりし雛納め

ほほゑみのそのままに雛納めけり

古雛の語りはじめむ口の形

ひと束の古き手紙や鳥雲に

足どりに合はぬハミング花菜風

浮腰のグレングールド春愁

羽蟻の夜詩論俳論峡の宿

怠け者めきて働く天井扇

根岸子規庵

この墓のなにか足らざり暮の春

稿成りし朝の浮力や秋澄めり

追伸の重き一行鳳仙花

蒲の絮飛ぶや明日の予定表

さびしさの形に脱がれ白セーター

冬萌や予定なき日のモーツァルト

アダージョの終章

讃　バルカン室内管柳澤寿男氏二句

戦場のタクトの匂ひ花の雨

指揮棒の一閃雪の夜のしづか

アダージョの終章海市のあなたかな

絵ガラスのマリアの愁ひ花杏

狂相の仮面地に落つ謝肉祭

サンティアゴへ蛇の先導巡礼路

巡礼の途次の縁やさるすべり

歩み止む床の寝墓や薄暑光

法王庁の柱のあはひ黒揚羽

槍投げのギリシャ彫刻海桐花の実

高波にさらはれ行くや二日月

神の気配なきパルテノン一重草

粗彫りの未完のピエタ秋の潮

殉教者のミサ待つ聖堂小鳥来る

磔刑の黒き彫像酔芙蓉

アリア

階段に父の来てゐる春の闇

アネモネや靴交し合ふ三姉妹

妻に和すアリア八十八夜寒

遠花火父にもありしものがたり

門口に待つ人のなき帰省かな

桑の実や父に流説の立志伝

母死しても緋のカンナにはなれぬ

水鉄砲母へ向けたる日のありし

かりがねや介護の人の静心

つま籠みの家爽やかな風立ちぬ

残るもの遺すものなし稲の花

狼の遠吠え父の忌の夜霧

ふるさとへ下車の合図の咳ひとつ

納め句座三本締めの乱れけり

歌かるた卆寿の母の小町札

初鶏や来てすぐ帰る末娘

どんどの火古人のこゝろに繋がりぬ

チェロの弓

チェロの弓軽し聖バレンタインの日

春霖やあをき壁画の大伽藍

囀やはみ出してゐる手書き地図

風船のひとつは海へ向かひけり

もて余す雲形定規初雲雀

濡れ髪の手術待つ間や名草の芽

病室に眉描く妻やリラの花

病室の小さき地球儀春立てり

牡牛座の中天にあり蝌蚪生るる

石蹴りの石に影ある日永かな

涼やかに悪筆の文来りけり

朋友急逝三句

ほうたるのひとつ死の淵越えにけり

若竹の空へかなしび放ちけり

生ビール生者三人霊ひとつ

片掛けのリュックに俳書城は秋

小鳥くるころかしづかな喫茶店

紅葉かつ散るメビウスの輪の木馬

フーガ

乗合ひて梅の寒さを言はれけり

ペン胼胝の疾うに消えたり菜の花忌

木の芽風爪にメモするパスワード

折鶴のフーガに乗りて春の野へ

しづかなるふたりの時間蝸牛

螺子緩むメトロノームや半夏生

噴水の形に人を愛しけり

草稿の気がかりひとつ誘蛾灯

指先の傷の脈動南吹く

草いきれ墓誌にalways in our hearts

シャンパンのコルク夏空貫きぬ

口にせぬことば牡丹の奥の闇

蓼の花日に日に詩嚢痩せゆけり

君に買はむ銀河の見ゆる島ひとつ

寒林の底より黒人霊歌かな

冬の戸の先の海原未完の詩

三日はや古書肆の棚を眺めをり

ティンパニー

発願の寺に親しむ花薺

赤彦のみづうみ渡る雪解風

啓蟄や妻の隙なき予定表

喪ごころの消ゆる間のなし春の雪

リラ冷えや記憶違ひのパスワード

ティンパニー半拍遅れ鳥雲に

シナトラに混じる針音夏至夕べ

立ち姿よき子に夏の来たりけり

校正の灯の消え卯の花月夜かな

皇后のビニール傘や額の花

畏友K君

書に埋れ青水無月に逝きにけり

雨喜び楸邨山脈なほ尽きず

罐切りの罐より外れ夕立来る

螢火忌の夕立の中を歩きをり

調弦のチェロの軋みや夜の秋

星冴ゆる尻ポケットの万歩計

桜落葉墓の虜となりにけり

秋冷の鏡の中の気息かな

岳友Hさん

百名山果たし花野に逝きにけり

アルプスの風の形の大氷柱

やさしさの疎ましき日や冬ざくら

楽章のあはひ

ハーピストの指の回旋柳の芽

ぶらんこを揺らし少しの死の話

つばくらめ物干台の嬰の衣

検針の女そつと芋虫移しけり

積みあげし虚子全集や金亀虫

楽章のあはひ冷蔵庫の唸り

よみがへる土の匂ひや夕立晴

夕凪やときをり妻のとほくなり

鍵盤の胡桃転がるやうにショパン

逝くときは普段着のまま草の絮

月光の音降る鬼城の町つつみ

縮みゆく骨の音する良夜かな

小三治のまくらの長し十三夜

古書店の脚立のゆるび十二月

どの子にも一枚の皿クリスマス

絵双六上がりは月のマイホーム

翼打つ音の重なり春近し

スタンディングオベーション

鳥曇拇印の滲む承諾書

花守の永き眠りや樹木の詩

壺焼きの奥より隠岐の浪の音

洋館のあをき瓦や木の芽雨

残雪に過りて巨き鳥の影

人の死の饒舌なりし合歓の花

青柿のあをのさびしき雨の朝

青大将ゆらり敷居を越えにけり

凌霄の花やISSEI MIYAKE展

木の実ふるふる夜の女王のアリア

真夜中のポスト勤労感謝の日

うぶけ屋の回転砥石実千両

冬麗や人の匂ひの人形館

たましひの容の見えし冬の蝶

やはらかく釘打つ音や聖夜祭

寒紅をさしてひと世を終へにけり

句友Wさん

スタンディングオベーション夜の凍つる

八音記号

書に挟むシートルーペや梅月夜

散歩路に色滲み初む抱卵期

妻のゐて違ふ私のゐる朧

うららかやハ音記号の立ち姿

真砂女忌や同じ長さの夫婦箸

時刻表眺めて首夏の病室に

診断の吉と祈りてキャベツ剥く

ユダひとり泉に銭を洗ひをり

悼　盟友M君二句

真夜の守宮動かずマタイ受難曲

ことば数少なき弔辞合歓の花

自画像へ青の背景夏了る

額装のモノクロ写真星祭

鞄に書一冊の旅水の秋

パソコンの言葉うつろふ西鶴忌

未来図の色は何色冬の鵙

摩天楼へ影を落とせし青鷹

ソナタ

円朝の墓へひと雨雀の子

初燕千住大橋渡りけり

千本の桜や千の物語
王冠のごと雪形の暮れ残り
名山の神の衣ずれ花かんば

修善寺三句

長閑さや峡の湯宿の黒電話

夜叉王の川の急がず春紅葉

薄闇の風を待ちたる花こぶし

引鴨や∮《インテグラル》の渦の中

小伝馬町牢屋敷跡ひめつばき

疲鵜の水に鼓動のありにけり

隣家より熱情ソナタ夜の守宮

くちなはの全きままに逝きにけり

夕刊の差し込まれたる木槿垣

木の実降る兜造りの風生庵

絵襖や人の匂ひのなき臥所

蒼天の鷹へ離宮の呼子笛

鎮魂歌

山盧二句

楤の芽やまろき木橋の狐川

筆立ての筆息づくや春日影

行乞の径一水の荻のころ

行乞の詩の遠し秋水疾し

草の実や日奈久に残る木賃宿

大阿蘇や木の実踏み来し郵便車

億年の山息づくや野菊晴

ながし吹く地震の山峡鎮魂歌

特攻艇震洋基地跡陽炎へり

海へ向かふ一村の径浜万年青

南吹く淡く彩なす潮境

初蝶や倒れしままの流人墓

神代にも生活ありけり芽吹山

こでまりや嫉みのありし神の御代

鳴神の隠岐一国をわたりけり

蟻の道つらつら都とほき島

サングラス外し上皇行在所

糸蜻蛉隠岐に遺りし御所言葉
御陵へ還る木霊や夏怒涛
天渺渺遠流の島の馬肥ゆる

柏手のすこし不揃ひ星月夜

神前の新米三粒夜の祀り

ボレロ

裸体画のバラの刺青春の雪

奇術師の白き指先春惜しむ

終りなきボレロよ羊蹄の花よ

薔薇の芽やラ音響かす調律師

デッサンの女体のゆがみ梅雨深し

ひとりゐてメロンの舟に遊びをり

風天忌ひとつ離れて蟹眠る

電卓に00のあり星涼し

マネキンの唇に恋せし朱夏の昼

森の泉にころゑの小匣を沈めけり

少年の素足眩しき母校かな

水玉の日傘のひとに尋ねけり

噴水や少女の恋の一度きり

旅立ちの気色鳥瓜の花よ

刃物屋の刃の左向き十三夜

星流るビルさかしまの佃堀

「この話ひとつ内緒よ」雪女郎

弦楽の絶え大雪の町となり

木菟の鳴くやひとかたまりの鬱

顋ひごとひとつセーター脱ぐ途中

ひねもすの黙の安けさ石蕗の花

控へめな朱を妻の句へ鶴高音

通奏低音

倒立のピエロ建国記念の日

祖国とは形あるもの花一樹

この星の終末時計名草の芽

母艦たゆたふや憲法記念の日

混沌の世へ裏返りたる水母

蜥蜴の尾走る東京空襲碑

オルガンのペダルの重し長崎忌

列島の通奏低音霧深し

本棚の並びを直す敗戦忌

江成常夫写真展二句

昭和史展出づ南より稲光

秋蟬や鬼哭の島の写真展

北の国のことなどぽつり霜の夜

萩の雨石の最高裁判所

行きどまりの螺旋階段開戦日

氷河期の星に一輪冬すみれ

賢治のセロ

観音の踏み出す半歩鳥の恋

二体欠く十二神将著莪の雨

井月に帰る家なし川流れ

草朧触るればまろぶ小さき墓

酒乞ふは人恋ふること翁草

「律」の文字見えぬ遺墨や柿の花

子規像のバットのゆがみ夏柳

虚子の影薄き松山遠花火

斑猫や京へ三里の明智越え

むらさきに沈む都や鵜飼舟

蕗の雨分けて二輌の湖西線

えご咲くや佐渡金山の荒筵

鬼太鼓のしだら打ち果つ螢の夜

荒波へ消ゆる草笛世阿弥の忌

啄木の朱筆の英字をみなへし

萩の風「五圓借用仕る」

草の花賢治のセロに傷いくつ

梟の鼓動近江のかくれ里

地の深く守りし観音冬の蝶

水底に都のありやかいつぶり

郡上　二句

はんざきの言葉無くせし波の底

隠国の城の人みな踊りけり

カンタータ

春眠や妻の気配の現住所

子の嘘の少し早口ゆすら梅

春暁や目覚めよと呼ぶカンタータ

うすものの従ふてゐる乳房かな

爽やかやインクの匂ふたなごころ

乱筆を詫びる達筆小鳥来る

マネキンの装ひ終へし手の秋思

白粉の花の乱れしましましぼみ

「だるまさんがころんだ」ふり向けば秋

遺るあてのなき絵葉書や草雲雀

雁渡る以下同文の感謝状

投函の音のうつろや冬初め

朝採りの葱の息吹を刻みけり

ゲラ刷りの「楸邨百句」冬牡丹

新雪の光割りつつ朝刊来

数へ日やゼロ点合はぬ体重計

コンビニへ入る旅人の冬帽子

アヴェマリア

押印の墓地契約書初桜

抱擁の明日を誓はず牡丹の芽

若鮎や笛の少女の目を瞑り

アヴェマリア口誦み焼く蒸鰈

エピローグまで十頁螻蛄の夜

合歓の花国分尼寺の実測図

歓声の風呼ぶさうめん流しかな

身の内に縄文の血や栃の花

大蜥蜴の影過りたり虚子の句碑

夏の月寒太句集の遊び紙

風乾く波郷の墓の蜘蛛の糸

彫り深き力塚の碑夏柳

花ほほづき義賊の墓の謂れ文

鬼胡桃割るや人間探求派

楸邨の列のしんがり木の実踏む

星ひとつ流れ縄文考古館

黒葡萄開き癖ある福音書

イブの裔を幾たび殺め桃剝くや
生まるるも逝くも故郷雪しまく
なにもかも雪の隠してゐる安堵

梟の闇へ輪ゴムを飛ばしけり

開閉の心臓模型ヒヤシンス

初午や巫女の小さきイヤリング

家郷の歌

ふるさとの色はみづいろ更衣

是よりは故郷へ百里かたつむり

花は葉に旅に焦がれし母のこと

御柱建ち白亜紀の夏の雲

遠き太虚より洗礼の五月雨

降りて先づ地元紙を買ふ帰省かな

義母　野澤加寿子二句

葬り来て闇ふくらみぬ朴の花

曝書せり母のしをりはそのままに

夏館時計間遠に打ちにけり

羽蟻の夜家郷の歌のさびしかり

烏瓜ひとつ太初の父の空

伊那の秋闌り無人駅無人駅

伊那谷の深きに木の実踏まれつつ

赤彦の恋山峡の枇杷の花

大寒や伊那谷全戸月明り

大寒の尿れば親しふるさとは

ふるさとの酒の名聞きし初飛行

グランドピアノ

壊れゆく地球に生れし蕗の薹

黒き帆のグランドピアノ春立てり

ピノキオの足動き出す風二月

歳時記の背のほころびや鳥の恋

古書店の壁のあぶな絵夏近し

裏年の青梅ひとつ葉隠れに

虹の中に立つ朝のあり少年老ゆ

木苺をふふみ山道教へけり

青林檎風に覚えの父の町

柿の花「死」の文字のなき遺言状

良き言葉さづかりし日の涼しさよ

クレヨンの匂ふ指先良夜かな

秋暑し礼拝堂のパイプ椅子

封筒の裏の追伸獺祭忌

茶の花や椅子一台の理髪店

やさしさをすこし下さい冬桜

謹厳な父とはなれず布団干す

しづかさや二日の朝の潦

音の記憶

奇妙な話だが六十年経っても消えない音の記憶がある。風狂の人と言われていた父親が急逝したとき、三歳の一人息子に遺された一風変わった遺品の山の中で子どもが手にとって遊べるものといえば朝顔形の吹出し口を持った手回し蓄音機とむき出しのまま山と積まれたSPレコード盤だけであった。その多岐にわたるジャンルの中で落語、浪曲の類の大半は誇りをかぶったままやがて忘れられたが、後年私が好んで聴くことになったのはクラシック音楽であった。

戦後の混乱からもその後の復興からも取り残されたような信州の寒村で幼少年期をこれらのSPレコードを友としてひっそりと過ごしたのである。

はじめは肥後守で尖らせた竹針で、やがては金属針の錆を落としながら来る日も来る日も〝朝顔〟の前に座り込んでいた。三十分足らずのベートーベンの第五交響曲が三枚の盤に収められていた。それが誰の演奏だったかなどはもはや知るすべもないが、たとえば冒頭の連打音などはもちろんのこと、あのホルンのファンファーレなど今もってあのときそのままに耳元で鳴らすことができる。その演奏にはそれぞれの楽器が持つ固有のフレージングがあった。さまざまな出自を持つ奏者たちがそう上等ではない楽器たちにそれぞれの人生を語らせているような熱いものがあった。黒く厚ぼったい円盤から、人と楽器の微妙な息遣いが感じられた。私は針音の向こうの音の主にひたすら思いを寄せ、恋した。

その後世の中がLPの時代となり大学進学に伴い故郷を後にすることになった時から今に続く「音」へのあくなき追求が始まった。その音とは他ならぬあの〝朝顔の音〟言い換えれば〝父の音〟であった。

さまざまな失敗と浪費を重ねた末最後に行き着いた所は最も単純な回路のアンプと徹底的に箱の共鳴を退けたフェルトを六枚重ねただけの自作のスピーカーである。この装置からは例えばカザルスの弓から松脂が飛び散る音が聞こえる。グールドの、クライバーの息遣いが聞こえる。

この正直すぎる装置にはたとえば〝帝王〟と呼ばれた指揮者の音楽はなじまない。美しい造形の極みにある彼の音楽からは楽器の生のフレージングが失われしまった。それをのっぺりと再現してしまうのである。また彼の音楽からは演奏者の息遣いが聞こえて来ない上に饒舌に過ぎてそれ以上に想像できるものがない。

この装置は饒舌を好まない。それは俳句にたとえれば芭蕉の〝謂応せて何か有〟、あるいは句会などで繰り返し言われる、俳句は言い尽くさないところに余情があるというところに共通項があるような気がする。送り手と受け手の交流に積極的な不完全さがあることの方が共感を呼ぶ可能性が大きいということであろう。

詮ずる所ひたすら追い求めてきたのは「父の音」というよりも、あの無骨な板に閉じ込められて喘ぎながらも声を上げていた虚飾のない「音楽」だったということになる。

それにしても風狂の父親の遺産の呪縛から逃れられないまま、すでに父親の享年を越えてしまった。随分遠い旅をしてきたものだ。

血天井と比叡山

または沈黙の音楽について

関が原の戦いの寸前、伏見城に立て籠もった徳川方の重鎮鳥井元忠以下千二百余名の武将が、その落城の際割腹し果てた廊下の板をそのまま天井に使ってある寺が京都にいくつかある。東山の養源院や洛北西賀茂の正伝寺などである。

血塗られた人の形を明瞭に残す床板を天井に使うという凄惨な事実と奇抜な発想にもかかわらず、ではなくてまさにそのゆえにそれは厳粛であり穏やかでさえある。養源院のそれは宗達の襖絵に同化して芸術的に見事に高められている。正伝寺のそれは芸術的というのではなく宗教的である。

南天に北極星を識るの術、これが禅であるという人がいる。正反対の面を求め究めて、元のものを知る。他人の心に己を見るの極意であろう。

血天井の真下に座って澄明な庭を見る。人はここでいかなる北極星を識るであろうか。その庭は白壁に囲まれている。目を正面遠方にやると比叡山が聳えている。その場景を思い浮かべるとき常にある感動に襲われる。それは人生の一こまというより人生の全風景である。

私たちは誰しも理想を持つ。私たち自身は相対的存在だが理想は絶対である。血天井、廊下、庭、塀これが現実。白壁は生の絶対と同時に死の絶対を意味する。人はこの外に出られない。比叡山、これが理想。大事なことは叡山がこの庭の〝借景〟になっているということだ。人生について考えるとき、これは衝撃的である。

この寺についてこんな風に解説した人はいないかもしれないが、ぼくはこう感じて、同時に昔の人の心のゆとりと精神の深さを思った。

この縁に座るとき思うことは、人には考えるにふさわしい場所があるものだ、ということだ。誰もいない寺に数時間を過ごす。あるのは静寂というよりも沈黙である。沈黙とは高められた音楽のことである。初春のある一日は壮大な自然のシンフォニーを響かせながら暮れていく。その中で人生とか愛とか絶望とかいったやくざな言葉でものを考えたりしていると、ふとまったく突然に、自分の生涯で(そして誰の生涯でもそうであるように)、本当に本質的なものにだけかかわって生きていく勇気を持ちたい、と思ったりするのである。

ちなみに養源院、正伝寺、こうした寺には観光バスはとまらない。

安息日

寝床の中で目を覚ます。閉じたままのまぶたを通して陽の光を感ずる。窓ガラスを隔てて冷気が肌を撫でる。小鳥の絶え間ない囀りが聞こえる。朝だ。上天気らしい。布団のぬくもりの中で心地よい気だるさを楽しむ。

ああ、しかし朝なのだ。起きなければならない。待てよ、今日は何曜日だっけ。すぐには思い出せない。昨日はどんなことがあったっけ、などと考えてすぐ思い出すこともあるが、最近は悪くすると一、二分あれこれ思いめぐらしたあげく、ようやく何曜日か知ることがある。

気がついたら日曜日というときは幸せである。朝のアロマはセージにバジルを落とそう。コーヒーをゆっくり挽き、楽器を取り出し、いやその前にシュタルケルの『無伴奏』を聴こう。そしてクルト・ヴァランダー警部シリーズを片っ端から読もう。気晴らしはスケッチに……と思いはふくらむ。

これに反し気がついたら月曜日というときの絶望感は筆舌に尽くしがたい。安息日とはよく言ったものだ。一週間を七日と定めた大智もたいしたものだが、そのうちの一日を休息の日としたのは文字通り天智である。

田畑を耕し、鳥獣を追っていた祖先たちの日々においては一分間に七十二の脈拍と二十八の呼吸数は七日に一度の安息日とテンポが合っていたにちがいない。かなり時代が下がっても日々の時計の針は七十二の脈拍に附合して動き続けてきた。時間の基準は「一刻《いっとき》」であり、それは今の二時間である。二時間単位でものを考えるのなら、脈も存外のんびりと打てようし、呼吸もゆったりとできよう。

しかしもはや時間は秒で語られるようになり、人々の脈も呼吸もせかせかとしてきて、たいして仕事をしなくても心身ともにくたびれてしまう。世事あらゆることごとが人の生活のテンポも心のリズムも狂わせてしまったのである。

天智の定めたもうた七日に一度の安息日では呼吸が苦しくなって週休二日制は当たり前となり、今や「プレミアムフライデー」が取りざたされている。

『悪魔の辞典』に〃安息日〃の項が見当たらないのが不思議な気がするが、ビアスに代わり定義すれば、「安息日とはその日に至る過酷な六日間から解放されその日に続く新たな過酷な六日間を思って胸をふさぐ一日。ただしこの一日は他のどの一日よりも短い」とでもなろうか。

しかし最近ではその安息日すら侵されがちである。この原稿を書いているのはまさに日曜日。早や陽は東の空高くのぼり、小鳥も囀りをやめてしまった。『無伴奏チェロ』は今日もお預けである。

「解剖学実習室」

一九六〇年という年のとりわけその前半は自分史の中に見知らぬ他人の歴史が入り込んでいるかのように錯覚する年だ。それまで安穏だった学園生活の中にいつの間にか赤く染め出されたビラが散乱し、スピーカーから絶叫が繰り返された。その年の六月十五日、私たちの渦の中で一人の女子大生が圧死した。翌朝何組かの新しい下着を鞄に詰めて逮捕された友人たちに届けるため野方署と成城署を回った。驚いたことに新聞の見出しも記事も昨日までの扇動的とも思える論調からは信じられないほど一方的にデモ隊の非を書き立てていた。七月首相が退陣したというニュースにも勝利感はなかった。救われたのは自分の中にようやく医学への情熱が芽生えているのを感じたことだった。

うって変わって翌一九六一年は一年中解剖実習室に閉じこもっていたような錯覚さえ覚える。現実には基礎医学の様々な講座があって階段教室で眠い目をこすりながらノートをとっていた時間があり、週の大半の夜はちょうど立ち上げたばかりのオーケストラに打ち込んだり、アルバイトに費やしていたはずなのだが、この年に限って言えば記憶にあるのは「解剖学実習室」だけなのである。

その献体に初めてメスを入れた時の畏怖と眩暈の感覚は今でも忘れられずにいる。その人の過去を一切知らされず、語りかけることもならず、黙々とメスとピンセットを使い続ける行為は自分でも信じられなかった。人体解剖は宗教を意識させたが、不思議なことに命の尊さといったことを考えるきっかけとはならなかった。それを考えるようになったのはずっと後に臨床を学ぶようになってからである。

しかし感覚も思考も麻痺し始めるのに多くの時間は要さなかった。人体のあらゆる組織（臓器、骨、筋肉、神経、血管など）のすべてをピンセットで確認し、ノートにスケッチし、その名称をラテン語と日本語で記載するという途方もない作業を繰り返すうちに、いつしか目の前にはかつて命を持っていた「人」ではなく学ぶ対象の「物」があるだけになっていった。学習が左太腿に「女一心」と記された刺青を目にした時だけがその人の人生に触れた唯一の機会だった。

翌年の築地本願寺で別れの時を迎えるまでついに生と死というものを考えることがなかった。自分の無機的な思考、性向を悔いるにはあまりに遅すぎた。

一九六一年は前年に続く消し去り難い年として今もってあり続ける。

真夜中の朗読者

三十年以上前のことだが、地元の図書館から依頼されて五年間ほど朗読のボランティア活動をしたことがある。視覚障害者の希望する本を読むのだが私が引き受けたのは対面朗読ではなく、マイクに向かって読んだものをテープに収めて提供することである。

テープ録音には対面で読む緊張感とは別の苦労がある。テープは末永く保存され不特定の利用者に聴かれることになる。そのため提出後に厳密な校正を受ける。当然自分でも何度か聴き直して、これでよしというところで渡すのだが、初めの頃は単行本一冊につき五十枚以上の付箋が貼られて戻されて来た記憶がある。読み違えは当然だが、厄介なのは微妙なアクセントの違いについての直しである。

私は地方出身ではあるが、標準語の話し手として自信を持っていたので、これにには頭を抱えてしまった。アクセントと言っても、関西弁のような明らかな違いではないが指摘され口に出して比較してみると、その微妙な違いを認めざるを得ないのである。

図書館側の立場はよくわかる。著名な作家が文字にして残したものを音声に置き換えた途端、まったく違う意味に解釈されては作品自体を損ないかねない。慎重を期すのは当然と言える。日本語の発音アクセント辞典なるものがあることをその時初めて知った。

朗読は物音が途絶えた真夜中に始める。まず身動きの際の衣服の音などを拾わないために天井からタコ糸を使ってマイクを吊るす。ちなみに屋根を打つ雨音や近所の犬の遠吠えもご法度である。雨の夜は諦めるしかないし、犬が鳴いたらテープを巻き戻すことになる。救急車や消防車のサイレンなどが聞こえてくると思わず舌打ちしたくなる。

一冊を読み上げ、校正を繰り返した末に納入するまでにはおおよそ半年を要したので五年間で十作品に届いたかどうか。図書館側は読みたいという需要があって朗読を求めて来るのでその間、おおよそ自分の好みの本に出会うことはなかった。佐々木譲という作家の名前はその機会に初めて知った。太平洋戦争開戦前夜から書き起こされる航空史IF小説で筋立ても面白く思わず前のめりになって読んだものだが、こんな機会でもなければ自分では手に取ることのない本であった。そうした本の中でその後わざわざ買い求め蔵書として永く手元に置くことになった一冊がある。動物行動学者コンラート・ローレンツの古典的名著『攻撃』である。

すべての同一種族間の攻撃行動は、種を維持するための本能に由来するものであるとか、攻撃が儀式化されて無害なものになり、やがてそのことが人間の攻撃行動へと理論づけられていく過程などが実に興味深く語られる。今でも小さな水槽の四隅にも魚たちのテリトリーが生まれるという一節を思い出し、つい熱帯魚槽などを覗き込んでしまうことがある。

この稿を書くにあたって、ネットで市立図書館の「視聴覚資料」を検索してみた。『攻撃』は九十分テープ十巻として存在していた。借用してみたかったが、それには視覚障害者として登録が必要とのことで叶わなかった。

三十年前の自分の声が更に遠のいてしまったように思った。

あとがき

赤い羽根ふはふはふうは車夫の胸

ちょうど十年前、句などさらさら作るつもりもなく誘われるままに出かけた浅草の『駒形どぜう』で詠んだ句です。その日から二年後に石寒太先生の肝煎りで立ち上げたたった五名の地区句会は二十五名を超えるまでになりました。俳句の魅力というより魔力としか言いようがありません。

さて作曲家の武満徹のエッセイに、言葉の観念化を憂いた「言葉は木偶のように枯れて、こわばった観念の記号と化している。文を書くということは、やわな論理と貧しい想像によって言葉を連結することだけのようである」という一節がありますが、わたしはこの一節を〝俳句を詠むということは〟と読み替えて自戒として来ました。

学生時代から通算すると三十年以上親しんでいたアマチュアオケの弦楽器奏者であることに一区切りつけると同時に飛び込んだ俳句の世界ですが、まもなく俳句の武器(手段)である「言葉」は〝意味〟よりも、発音される〝音〟と文字になった時の〝姿〟の方が重要な役割を果たしていることに気づきました。そして日本語、特に古語・歴史的仮名遣いはそれに耐えるだけの豊かで魅力に溢れたものであることを知りました。鑑賞する側から言えば、聴いて快い、眺めて美しい音楽や絵画に接するのと同じく〝解釈をせず、ただ全身で感受するだけのもの〟のように思い始めました。

それと同時に言葉を駆使するほどに、わたし自身は言葉の皮相的で一面的な側面でしか言葉を扱えていないことに気づかされて来ました。言い換えれば言葉のもつ音と姿を含めた総量を把握しきれていないということです。

そんな過程にある中で、ちょうどアマチュア演奏家が技術も未熟で音楽を把握し切れていないまま発表の場を持とうとするのにも似て、句集を編むことになりました。聴き手はさぞ迷惑なことでしょう。しかし身勝手なことを言えば、句集にまとめることで今までの自分に区切りをつけ、新たな出発点に向かえるような清々しさを感じています。明日からは有季定型の基本はゆるがせにしないまま、言葉の総量に身を委ねた俳句を自由に詠んでいきたいと思います。

「炎環」の石寒太主宰には出発点から俳句の基礎をアメとムチで根気よく教えていただきました。曲がりなりにもここまで来られたのはひとえに先生のおかげです。巻頭にお心のこもった序文をいただいたこととともに心より厚くお礼申し上げます。また初学の頃通信講座でご指導いただいた「銀漢」の伊藤伊那男先生には同郷のご縁で「銀漢」発足時に入会させていただいて以来ずっと厳しくご指導をいただいており厚くお礼申し上げます。

また句集に花を添えていただいた水彩画の師である鈴木新先生、書道家中川笙子先生、装幀の鈴木一誌さん、刊行に際し終始お世話をいただいた「炎環」の丑山霞外編集長にこの場を借りてお礼申し上げます。そして吟行や句座を共にしてきたみなさまと、この句集を手にしてくださったみなさまに心よりお礼申し上げます。

二〇一七年九月

竹内洋平

◆著者略歴

竹内 洋平…たけうち・ようへい…

長野県岡谷市出身

諏訪清陵高校・東京医科歯科大学卒

第15回炎環賞佳作「ひと夏の記憶」

第16回炎環評論賞「攝津幸彦におけるレトリック」

第17回炎環評論賞「飯島晴子掌論」

第18回炎環評論賞「俳句における『言葉』を考える」

第19回炎環評論賞「言葉が心と出会う瞬間《とき》」

第21回炎環エッセイ賞「真夜中の朗読者」

「炎環」同人・「銀漢」会員

現代俳句協会会員

〔現住所〕

〒182−0016　東京都調布市佐須町2−17−1

炎環叢書　4

句集　f字孔

二〇一七年一一月一七日　第一刷発行

著者……竹内洋平

編者……炎環編集部（丑山霞外）

造本……鈴木一誌＋山川昌悟

発行者……菊池洋子

発行所……紅書房

東京都豊島区東池袋五－五二－四－三〇三

郵便番号＝一七〇－〇〇一三

電話＝（〇三）三九八三－三八四八

FAX＝（〇三）三九八三－五〇〇四

ホームページ……http://beni-shobo.com

印刷・製本……萩原印刷株式会社

紅書房

ISBN978-4-89381-325-1　C0092